內灣的故事

總策畫・繪圖◎劉興欽

文・攝影◎蔡東照

感謝楊仁杰先生提供老照片

作者簡介

劉興欽

台灣新竹縣大山背人，體格健壯，皮膚黝黑，說話大聲，是標準的鄉下老實人。

台北師專畢業，美國聯合大學榮譽藝術博士。

漫畫著作包括膾炙人口的《阿三哥》、《大嬸婆》等，共有兩百多冊。另外還有兒童文學創作及輔助教材的創作等數十冊。

曾經榮獲多項發明大獎，包括「自來免削鉛筆」、「丁字型冷熱水龍頭」等生活用品一百二十種專利、教育用品類「音樂演奏鞋」等三十六種專利。

獲獎紀錄：

一九七二年第十三屆文藝獎。

一九七二年、一九九一年、一九九二年全國優良連環圖畫第一名及榮譽獎。

一九七四年中華民國第一屆產品設計獎。

一九七四年中山技術發明獎。

一九七五年第一屆十大傑出發明獎。

一九七六年日本國際優良產品入選獎。

一九七七年第一屆金頭腦獎。

一九七八年日內瓦國際發明展銀、銅牌獎。

一九八〇年紐約世界發明博覽會優等獎。
一九八一年紐倫堡世界發明展金牌獎。
一九八二年外銷產品優良設計標誌獎。
一九八二年布魯塞世界發明展銅牌獎。
一九八四年日內瓦國際發明展銅牌獎。
一九八八年十大傑出發明人獎。
二〇〇二年第一屆漫畫金像獎—終生成就獎。

總統召見紀錄：

民國六十二年因當選全國特殊優良教師，榮獲先總統 蔣公召見。
民國六十四年因發明語言自學機，榮獲 蔣故總統經國先生親函鼓勵。
民國八十年因得國際發明獎，榮獲 李總統登輝先生召見。

蔡東照

台北市人，一九四九年生。
一九六五年開始從事兒童故事及漫畫創作，在廣告公司擔任企劃創意及業務工作達十年。
一九八四年起創辦《儂儂雜誌》、《媽媽寶寶》、《狄斯奈雜誌中文版》。
二〇〇二年退休，專事寫作及漫畫教學。

內灣車站
櫻花線
內灣情
CK101
通車紀念碑
1
2

❶ 火車站廣場的大嬸婆，是漫畫家劉興欽媽媽的化身。背後為內灣火車站在民國四十年豎立的通車紀念碑。

❷ 內灣車站配合櫻花祭的壁畫，散發早春氣息。

❸ 火車進入內灣地界，就會看到阿三哥和大嬸婆拉木馬的塑像，這是內灣村地標。

❹ 樟木集中場。木馬在棧道卸下從山頂運輸下來的樟木。

❹

❸

民國四十年的內灣火車站。

沒落的內灣再造新景象

下午三點，劉老師搭乘的「小火車」，慢慢駛進內灣車站。親切的站長，揮舞著雙手，熱情地向火車司機和乘客表示歡迎。

民國四十年通車的內灣小火車，是當時內灣村最轟動的喜事之一，內灣和竹東市區的城鄉距離縮短，聯絡往來變得便捷，村民的視野也不同了。相對地，內灣線火車也載著滿懷希望的年輕人到城市謀生。

內灣和其他小鄉鎮一樣，都面臨「人口外移」的難題。年輕人到大都市謀生，工作穩定之後就在都市落腳，不再回到家鄉定居。於是，缺少青春活力的小鄉鎮，逐漸沒落，內灣也不例外。原本，小火車是內灣居民去城裡的唯一交通工具，現在國民生活水準提高，幾乎家家戶戶都有汽車代步，加上公共汽車班次密集，交通發達，所以，搭乘小火車的內灣人少了一些，取而代之的，則是絡繹不絕的觀光客。

這幾年，政府開始注意到人口外流問題，於是撥出經費從事「城鄉再造」。經過輔導的內灣村，現在儼然成了熱門觀光地區，遊客車水馬龍，整個鄉鎮充滿活力，當地村民感到很自傲。

就是因為這樣，在內灣擔任教職的邱老師，寫信邀請他年輕時的知己劉老師，「請利用假日來內灣看看我這個老朋友，順便欣賞內灣新景觀，保證讓你刮目相看。」就這樣，劉老師懷著好奇心情來到內灣。

走出內灣火車站，劉老師不知不覺笑了出來！

「咦！那不是阿三哥和大嬸婆嗎？」

劉老師年輕時就是漫畫迷，阿三哥、大嬸婆和機器人等漫畫，曾經讓他廢寢忘食。沒想到現在竟然在這裡看到大嬸婆塑像，想起以前為漫畫著迷的往事，不覺莞爾。

民國二十年代內灣全景。

❶ 內灣街上的導覽地圖，坐著阿三哥和大嬸婆。

❷ 內灣的電線桿上，有許多機器人塑像，提醒路人注意交通標誌。機器人是劉興欽創作的漫畫故事主角之一。

閃啊！閃啊！奇妙的聲音

對照著信封上的地址，劉老師找到邱老師的家。

鄉下人生活淳樸，鄰居彼此雞犬相通，所以根本不裝設門鈴。

劉老師來到邱老師家門口，剛要敲門，聽到後面有人問他：

「請問您是劉老師嗎？」

回過頭，劉老師看到一位衣著樸素的小姐。她自我介紹說：

「敝姓彭，住在隔壁。邱老師臨時有事情去市區，正在趕回來的途中，他要我先過來接待您。」

邱老師在之前打電話給彭小姐，請她先轉交觀光地圖給劉老師。

「這是內灣地圖，畫得很清楚，我帶您去參觀。」

「不麻煩您，」劉老師客氣地婉謝：「我自己隨便走走就好了。」

「既然您這麼說，我就不勉強。您可以順道去參觀內灣戲院，那是二十年代老戲院，如今在都市應該看不到這種讓人懷舊的老戲院

了。對了，」彭小姐好像想起什麼，很認真地叮嚀說：「很快就天黑了，您自己一個人，千萬不要到山上去，那裡有很多奇奇怪怪的事……。」

青山綠水之間的內灣小鎮，到處都是你來我往的遊客。四周山巒籠罩著一層薄霧，就像一幅迷人的國畫。劉老師深深被這山嵐美景給吸引，想到彭小姐勸他別往山區走，此時偏偏愈發好奇，不知不覺走上坡道，徒步沿著山壁開鑿的小路走去。

不知道什麼時候，霧氣變濃了。劉老師突然聽到有人用客家語叫他閃避的聲音：「閃啊、閃啊、閃！」地叫了幾聲。

他睜大眼睛向前方看去，只見薄霧中有一對模糊的鬼影飄過來，還發出刺耳嘈雜的聲響。突然一驚，想起彭老師的警告，不由得全身起雞皮疙瘩。一不小心，好像被什麼東西絆到腳，摔倒在地上，把左腳踝給扭傷了。

霧中的鬼影不但沒有消失，反而以更快速度衝了過來。劉老師在慌忙中，順手抓起身旁的枯樹枝，指向鬼影說：

「不要過來，否則別怪我手下不留情！」

從南坪古道眺望內灣村，可以感受到寧靜的鄉村氣息。

●劉老師在霧中行走，以為碰到鬼魅，嚇出一身冷汗。

「啊！」兩個黑影停下腳步，說：「您誤會啦！我們看到您跌倒才跑過來，要扶您起來呢！」

睜眼一看，原來是兩名年輕大學生。男生把劉老師扶起來，女生則從背包拿出保溫瓶倒水。

「您喝口水、喘喘氣，先休息一下，我們再陪您下山。」

「剛才是什麼聲音，好奇怪？」劉老師問。

「是我們兩人意見不合在吵嘴，意外嚇到您，實在對不起。」女大學生覺得很不好意思。

「吵嘴幹嘛亂喊閃啊！閃啊！」

「那不是我們喊的。」男大學生說：「我也聽到了，還以為您在生氣，叫我們閃到一邊，不要再吵嘴了。」

「那就奇怪了？難道附近還有別人在喊不成？」

此時霧氣剛好散開，環顧四周，沒看到任何人的蹤影，他們滿懷狐疑：到底是誰在叫喊「閃啊、閃啊」呢？猜歸猜，兩個大學生一人站一邊，攙扶著扭傷腳踝的劉老師下山，他們腦海裡，充滿未解開的謎團。

❶ 內灣戲院二樓，照片左側往前伸展的觀衆席特別座，是三十年代戲院裝潢的特色。

❷ 昔日座無虛席的內灣戲院，是繁華景象寫照。好奇觀光客進到戲院裡面，恍如走入時光隧道。

邱老師的神秘故事

推開邱老師的家門，他們把劉老師扶到椅子上坐好，然後在扭傷的腳踝塗藥膏。

「啊，忘了請教你們大名。」劉老師問著。

「我是陳靜惠。」女大學生說：「那個老是喜歡欺負我的，叫做周夢麟。」

「什麼跟什麼？妳才喜歡欺負我呢！」周夢麟不服氣地回嘴。

這時候，邱老師剛好回來。兩位很久沒有相聚的老朋友，一見面就情不自禁地相擁，興奮得又叫又跳，根本忘了旁邊還有人在。

突然間，劉老師把左腳抬到半天高，大聲呼喊：

「哎呀！我的腳！」

「啊，對不起，不小心踩到你的腳了。」邱老師連忙賠不是。

「不是你踩痛的，是我自己摔傷的。」

聽了劉老師的說明，邱老師先向兩名大學生鞠躬致謝。

● 邱老師請大家享受下午茶美食。這些美食，現在都可以在內灣品嚐到。

「不用客氣了。其實我們才要謝謝劉老師呢！」周夢麟說。

原來他們正在吵嘴的時候，看到劉老師摔倒，只顧救人，竟然把吵嘴的事給忘了。他們兩人彼此互看對方一眼，發出會心一笑。

劉老師說：

「助人為快樂之本，心情一好，就不會吵嘴了。」

邱老師為大家倒茶，還盛了香噴噴的蟹肉炒蛋招待大家。

「把這些當做你們城市人的下午茶吧，要趁熱才好吃。」

「從來沒吃過這麼好吃的，這是什麼蛋呀？」陳靜惠問。

邱老師沒有回答，反而轉頭看劉老師一眼，神秘兮兮地說：

「幸好你跌倒的地方斜坡不大，要不然的話，來救你的這兩位大學生，恐怕都要跟你一起變成神仙了。」

「為什麼呢？」周夢麟感到好奇。

邱老師說，以前有個小孩子名叫阿燦，揹著妹妹走過那條小路，為了要救人，不幸摔下山谷，變成神仙了。

「他妹妹呢？也掉下去了嗎？」陳靜惠急著要知道答案。

邱老師故意裝做沒聽到，不疾不徐地把手舉起來，指向窗外的

山邊說：

「這件不幸的事件，就是在那個地方發生的。」

順著邱老師手指的方向，大家從窗戶望出去，發現籠罩山峰的霧氣更濃，景色更美。這時候，劉老師注意到窗口放著一件很奇怪的竹編，好像是童玩又好像不是。

「這是你在學習編製的竹器嗎？」劉老師問邱老師。

邱老師仍然沒有回答。他露出蒙娜麗莎似的神秘微笑說：

「我講阿燦的故事給你們聽。你們問我的答案，都在故事裡面，要注意聽喔！」

在雨中拍攝的木馬道山區。

阿燦的拿手好菜

六十多年前的一天，阿燦清晨醒來，看到窗外青山披著一層薄霧，他知道今天又會是晴朗的好天氣；等到朝陽出現，薄霧就會散得無影無蹤。

他到戶外將一綑劈好的木材抱到廚房，在灶坑裡架成井字形，再熟練地點燃稻草，幫忙媽媽生起灶火。灶火點燃，阿燦小心翼翼地從米甕裡取米出來淘洗。那個時代，沒有像現在的高級白米，一般家庭的食用米，裡面總是攙雜稗籽、稻殼和數不盡的細石子，若不仔細挑撿乾淨，吃飯時就有可能

阿燦和妹妹，在內彎地區的「木馬道」，留下讓人永遠懷念的親情濃郁傳說故事。

不小心咬到小石子，嚴重的話，連牙齒都會咬成碎片呢！

米淘洗乾淨，倒進大鍋裡煮，然後清洗蔬菜，在砧板上面擺放整齊，就這樣，等到媽媽起床，米飯正好煮熟，只要炒幾樣菜，早餐和帶便當的飯盒就都完成了。

還有一件更重要的事情就是檢查「木馬」，阿燦用手敲一敲木板和木楯接合的地方，看看有沒有鬆動的現象？再檢查綁木馬的繩子和工具是不是齊全，確認一切都安全無虞，十歲的阿燦彷彿會聽到爸爸以前對他的讚賞：

「你每天做一件好事，天神就會在你的日行一善紀錄簿上面，用藍筆畫一筆，做五件就畫一個正字，做很多善事的人，未來會升天變成神仙……。」

阿燦喜歡幫助別人，並不是為了想要當神仙，而是每次做好事的時候，內心總是湧起一股難以言喻的快樂感覺，到底有多快樂，他也說不清楚。

「早啊，阿燦。謝謝你生火煮飯。」剛起床的媽媽向他打招呼說：「去看看妹妹醒了沒有？」

古埃及木馬的側面。

● 內灣河溪完全不受污染，阿燦隨心所欲，抓到很多螃蟹回家佐餐。

不滿一歲的妹妹，通常睡到媽媽把飯菜都打理好，才會醒過來。阿燦背起妹妹到廚房，親自炒菜脯蛋和蟹肉蛋給爸爸媽媽帶便當。

這兩道菜是他自鳴得意的拿手好菜，雖然經常炒焦，爸爸媽媽每天還是很高興的將這兩道菜放進便當盒裡。吃早餐的時候，阿燦習慣用飯杓把碗裡的白飯壓得緊緊的，再端給父母。

「爸爸媽媽，您們要多吃點飯，才有體力工作。對了，媽媽，螃蟹吃完了，我今天再到河裡抓一些回來好嗎？」阿燦問媽媽。

「好啊，不過要小心注意安全，別讓妹妹跌倒了。」

阿燦和妹妹與父母一家四口，住在山邊的小木屋，依賴父母從事「拉木馬」的苦力養家，生活剛好過得去。三餐雖然沒有什麼山珍海味，可是，在那沒有受污染的河裡，卻有抓也抓不完的螃蟹，媽媽靈機一動，就教喜歡吃螃蟹的阿燦自己動手炒，可惜，阿燦蛋炒螃蟹的功力只有五十九分。阿燦抓抓頭，自言自語說：

「嗯，炒焦了，不及格，還要多努力學習。」

唐山老虎內灣馬

以前，每年慶祝元宵節，大小鄉鎮都會舉行猜燈謎活動，有一則謎題是：

唐山老虎內灣馬

金身鱸鰻鹹水魚

清朝末年，美國人從中國東北載走一批「四不像」，飼養在紐約動物園內。如今，四不像在中國已經絕種。

謎底讓人猜一種珍奇動物，答案是「四不像」。

「四不像」古時叫做麈（讀音如主），又叫做駝鹿。牠的長相，頭像鹿又不是鹿、尾巴像驢又不是驢、背部像駱駝又不是駱駝、腳蹄像牛又不是牛，所以被戲稱為四不像。

「四不像」原產地在我國東北地區，清朝皇族是東北旗人，就把「四不像」引進宮廷南苑飼養。後來受到八國聯軍戰亂影響，「四不像」在中國絕跡了。

燈謎題目寫的「唐山」，是中國大陸的暱稱。唐山人把燈謎稱為老虎或燈虎，猜謎叫做射虎，所以唐山「老虎」字面上好像是講老虎，其實是講燈謎。

「內灣馬」說的是在內灣地區，用來運送樟木的載具，它的功能像馬一樣可以載負重物，所以被稱為「木馬」。「金身鱸鰻」好像是說鰻魚，其實是影射從事賭博業的黑道流氓，而「鹹水魚」則是指在國外生活一段時間，渡海（海水是鹹的）回到家鄉的人。既然謎題提到四種動物，湊起來又不是任何一種我們認識的動物，所以正確答案是「四不像」。

● 古埃及木馬的正面。在卡通影片「小神馬」裡面就有工人，利用木馬載運火車頭，不慎翻覆的驚險畫面。

內灣人後來引用「唐山老虎內灣馬」成為俗諺，意思是：大陸最危險的是老虎，內灣最危險的是木馬。

木馬是內灣載運木材唯一的運輸工具，它沒有輪子，形狀像在雪地行走的雪橇。它行走的地方不是大馬路，而是像依傍著懸崖的蘇花濱海公路般，沿著斷崖邊緣架設的懸空木造棧道。行走起來非常危險，一不小心，很容易連人帶木馬衝下懸崖，所以說，內灣木馬和唐山老虎同樣可怕！

● 民國二十三年七月三日，木馬道通車首日的紀念照。

❶ 剛砍伐倒下來的樟木。

❷ 載運泥煤的車輛。泥煤和樟木都是內灣重要產物。

❸ 為了方便木馬載運，必須將樟木鋸成四方形。

木馬陸上行舟

大家都知道，輪子是人類的偉大發明，為陸地運輸工具最重要的配備之一。即使在空中不必使用輪子的飛機，著陸的時候，仍然需要把藏在腹部的機輪放下來，否則若是用機身著陸，機身和地面產生急遽摩擦，飛機結構將無法負荷，後果勢必解體或是著火。

內灣的深山盛產樟木，在無法架設載貨纜車的地方，唯有依靠車子運輸。這一帶很多地段是岩石山脈，無法建造讓貨車行駛的道路。勉強只能夠開鑿寬度在二・五公尺以內的小路，然後用人力拖運的板車來載運。

運送樟木的過程，免不了出現板車故障等問題，有些情況不是車伕能夠獨力解決，於是車伕們互相合作，將好幾輛車合為一組，以備出事的時候來得及互相幫忙。在這樣的地形道路上，他們發現板車並不是很理想的運輸工具。當時的工頭說：

「每輛板車每趟至少要載運一千二百公斤樟木，實在太重了，車軸和車輪都受不了，半路上很容易出事。」

要解決這個難題，首先必須把板車的重心降低。

「怎麼降低？」一名板車伕開玩笑說：「如果降低重心就可以減少危險，乾脆降到貼著地面好了。」

大家知道這是不可能的事，聽了都笑出來，工頭卻一臉嚴肅、若有所思地點點頭說：

「好主意！我們就把重心降到地上試試看。」

任何放置在地上的東西要移動，必定和地面產生摩擦，然而摩擦會造成阻力。以搬運巨石為例，古代人只知道用力拖動巨石，由於巨石的重心完全貼在地面，巨石和地面摩擦產生很大阻力，必須施加超過阻力的力量才能夠拖動，這樣的移動方式稱為「滑動摩擦」。

人類發明輪子之後，巨石被抬到拖車上面，和地面接觸的不是巨石，而是車輪的一部分，重心往上提高，摩擦阻力降低，拖動起

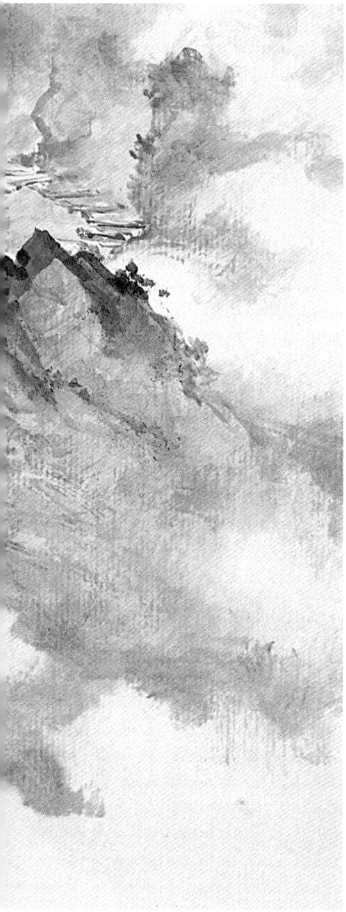

●原本沒有道路的山坳，搭造出堅固的懸空棧道，這正是人定勝天的寫照。

來就不必那麼費力，這種移動方式稱為「滾動摩擦」。

人類文明是從利用「滑動摩擦原理」，進步到「滾動摩擦原理」。

「我們讓時光倒流，突破現代思考，回到古代吧！」工頭說：「我們來研究沒有車輪的車子，把整輛車子的重心完全落在地面。」

一位在中部深山砍伐原木，也在礦場挖過煤炭的人，提供他的經驗說，原木和煤炭都是放進形狀像平底船的竹編「拖籠」裡面，因為底部和地面完全貼合，所以阻力很大，拖起來很吃力。

「何不研究怎樣減少阻力？」

於是，新的運輸工具「內灣木馬」就此誕生了。

木馬主要由左右兩片粗厚的桴木，以及連接兩片桴木的橫桄（讀音如光）構成。桴木的材料是赤柯木，長度一．八公尺，前後兩端呈碗弧形。

橫桄是圓形木棍，共有五枝，兩頭分別和左右桴木連接在一起，就成為「木馬」或稱為「木馬架」。因為只有兩片桴木的側邊緊貼在地面，所以阻力自然比較小。

可是，事先沒有想到的新問題發生了。

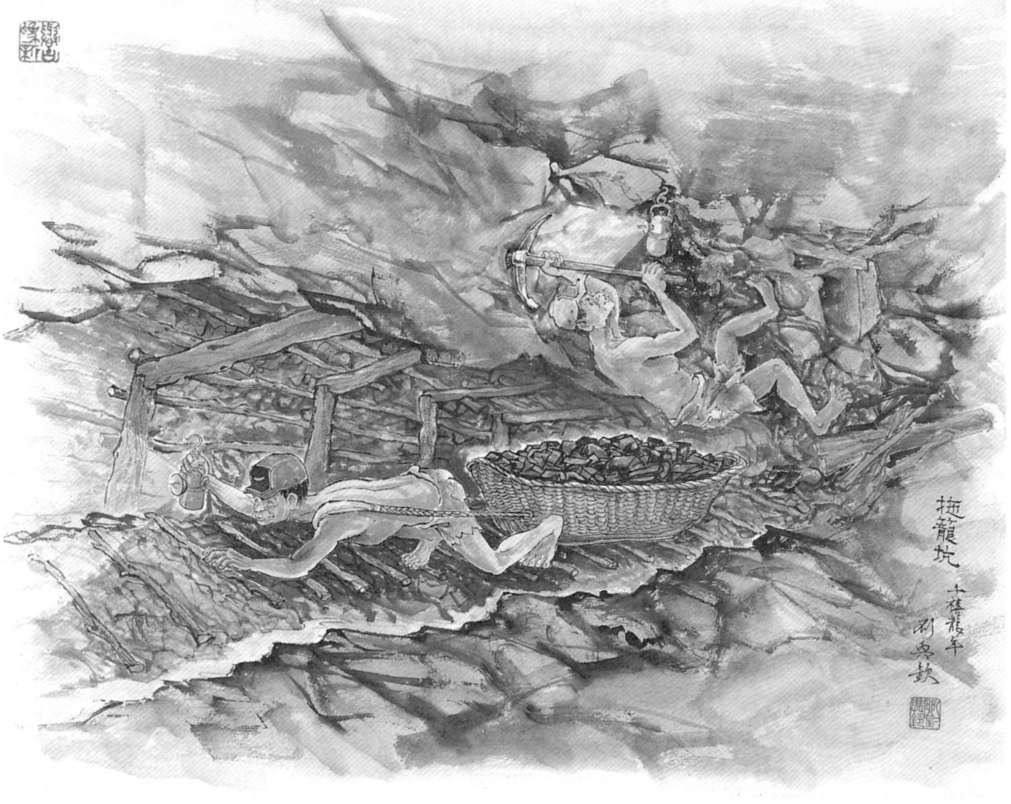

● 在礦坑中使用的竹編船形拖籠，載運煤礦的原理與木馬大同小異。

一群臭皮匠的創意

木馬載重量超過一千公斤，在土質疏鬆地區，兩片桴木會陷入泥土裡，根本就拖不動。為了讓木馬順利在泥土地面上拖動，木馬伕聚集在一起，大家絞盡腦汁，無論如何都要想出解決方法。

「問題在怎樣不讓桴木下陷，又不會增加阻力。」工頭鼓勵大家說：「事在人為，憑我們這群臭皮匠，一定可以想出比諸葛亮更妙的絕招。」

一位年輕人建議說：

「如果在地面鋪水泥，雖然桴木不會陷下去，可是阻力會更大。若是把像手臂那麼粗的樹幹鋪設在地上，當做枕木，使木馬的桴木在枕木上面滑動，就可以解決問題了。」

集思廣益的結果，果然有了好進展。

「不要光說不練，我們立刻進行實驗。」

大家採用雜木和相思樹幹為枕木材料，一律截成長度一．二公尺，每隔六十公分裝設一根。木馬的控制法也經過大家再三研究，

● 由下往上眺望沿石壁搭建的棧道危險景象，不禁為拖木馬的人捏一把冷汗。

為了方便操縱，綁好樟木之後，再把一根長木棍塞入樟木與樟木之間的隙縫，纏綁牢固之後當做控制方向的操縱桿。

開始起動時，一人在前面拖、一人在後面推。木馬架上綁了一條肩帶，前方的人要利用肩膀的力量拖繂木馬，再用雙手握住長木棍控制方向。

實驗結果令大家感到非常滿意。眾人正歡欣鼓舞慶祝的時候，有一名木馬伕突然冒出新問題：

「如果在枕木上面放些潤滑油，可不可能增加速度？還有，下坡的時候，萬一衝勁太大，一下子控制不住木馬，把前面的人壓扁了怎麼辦？」

於是，大家再次發揮臭皮匠精神，對這問題研究模擬一番。

終於想出解決方法了，只不過，在前面拖的人，要比後面推的人更辛苦。在平地拉木馬時，前面的人要用肩膀拖住肩帶，一隻手緊握操縱桿，另一隻手拿著沾滿潤滑油的「油布筆」，每前進三公尺，就在桴木將滑過的枕木前方位置點一下，以降低桴木和枕木的摩擦阻力，提高滑動速度。

若是到下坡地段，速度太快會造成危險，前面的人則要用背部頂住木馬面，一隻手盡力把操縱桿往後拉，另一隻手抓出袋子裡的沙子撒在枕木上面，沙子的功效和潤滑油相反，會增加阻力，產生煞車效果。

巨大樟木生長在深山裡，從山腳下走到樟木林場，需要兩個多小時。載樟木下山則需要四個小時，中間經過平地、緩升坡和險降

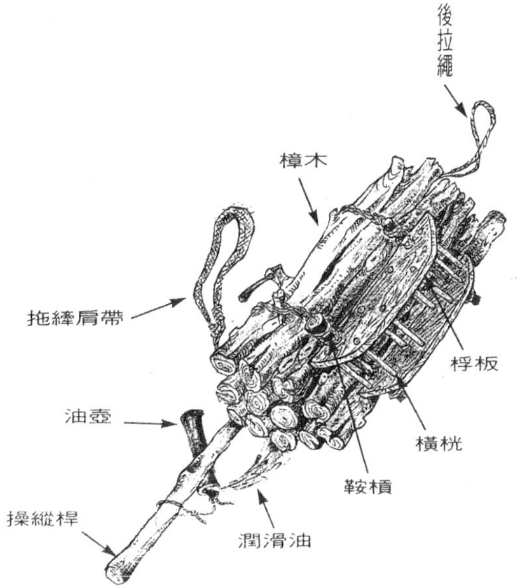

木馬的構造圖。

坡，其中還要經過像古代棧道的懸空橋樑。再加上許多路段一邊是山壁、一邊是懸崖或陡坡，稍微不小心，很容易發生意外，來不及躲避的人，都可能隨著木馬衝下斷崖。

從事木馬工作的多半是夫妻檔，由於意外頻傳，使內灣出現不少破碎家庭。明明知道這項工作很危險，可是為了照顧家庭、撫養子女，許多人還是不得不冒著生命危險繼續工作。阿燦的爸爸媽媽就是其一。

●爸爸每天把木馬扛到山區林場，這趟路往往把靠拖木馬為生的人，累得半死。

和邱大山不打不相識

這一天，阿燦的爸爸媽媽不上工在家休息。傍晚，媽媽心血來潮，催促爸爸說：

「你帶阿燦去大街吃些好吃的東西，算是犒賞他的孝心。」

「不用啦，媽媽。」阿燦說。

只要有媽媽的讚賞就夠了，阿燦才不在意犒賞呢！

「沒關係，我們走吧。」

爸爸拉著阿燦的手出門。

走到路口，爸爸才對阿燦說：「其實，媽媽是想讓爸爸順便輕鬆一下。」因為如果直接叫爸爸出門，爸爸一定會邀媽媽一起，這樣就要花掉不少錢。為了節省開銷，媽媽打算留在家裡照顧妹妹，才會講話繞圈子，要爸爸帶阿燦去享受豐盛晚餐。

「偶爾多花幾個錢又有什麼關係，媽媽幹嘛那麼節省？」

「都是為了你和你妹妹呀！」

明年，爸爸打算要讓阿燦到城裡讀書，到時候，學費啊、書包

和制服，以及來回交通費，都要花不少錢。爸爸說：

「你要好好讀書，將來出人頭地，不要和我一樣過苦日子。」

「我會的。」阿燦點點頭。

拉木馬和挖煤礦都是很辛苦的工作，工人累了一整天，就成群到內灣戲院看電影，或是到餐廳大魚大肉吃一頓，藉此放鬆緊張心情。內灣夜晚呈現一片繁華景象，聽說唐山的上海，繁榮也不過如此而已，於是，當時的人就把燈燭輝煌的內灣稱為「小上海」。

走到小吃街，爸爸告訴阿燦：

「你想吃什麼，我們就去吃什麼。」

「我想吃……。」

阿燦一時想不出要吃什麼，突然看到一輛手拉板車急轉彎，擦撞到一名小女孩。車上的雜物倒了下來，阿燦見狀，立刻衝過去拉開女孩，就在這一剎那間，車上的鐵鍋和木桶都壓在阿燦身上。

「喂，你怎麼這樣亂來？」阿燦父親和車伕理論。

「要你管！」車伕不但不認錯，還一拳揮過去，把爸爸的額頭打出一塊瘀青。

阿燦見義勇為，幫差點被撞傷的女孩解除危機。

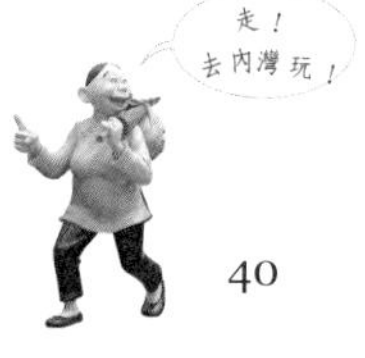

爸爸看車伕不講理，怒不可遏，正要出手還擊，卻被阿燦拉住了。他說：

「算了，別跟不講理的人理論。好心沒好報，我們以後還是少管人家閒事。」

「聽你的話，我不跟他理論。」爸爸說：「但是人命關天，看到人家有危險，還是要挺身救人才對，剛剛若是晚一步，小女孩一定會被板車壓傷。」

車伕趁他們不注意，撿起鍋盤，轉眼一溜煙，就不知道把板車拉到哪裡去了。過一陣子，小女孩的大哥林仕賢趕到現場，為了表示謝意，堅持要請阿燦父子好好吃一頓晚餐。爸爸盛情難卻，只好勉強答應說：

「我們不習慣吃大餐，到小吃店就好了。」

走進小吃店，為了不讓林仕賢破費，爸爸趕緊點了些簡單的麵食和小菜，客氣地表示這樣就夠吃了。這一餐，聊天的時間多過吃飯菜時間。突然有一個人跑過來說：

「林大哥，撞到你妹妹卻逃走的傢伙，被我們抓到了。」

內灣是個小地方，幹壞事的人根本沒地方可躲，很快就會被村民揪出來。車伕被打抱不平的鎮民捉到林仕賢面前。看到周圍人多勢眾，車伕連忙低聲下氣道歉。

「我叫邱大山，到處找不到工作，想來這裡碰碰運氣，因為腦子一團亂，才會不小心撞到你妹妹，請原諒。」

「什麼？撞到人說原諒就可以原諒嗎？要是撞死人怎麼辦！」

林仕賢正在氣頭上，說話很不客氣。爸爸看車伕邱大山態度很誠懇，就出面打圓場，對林仕賢說：

「林兄，就原諒他這一次吧！」

「好，看你的面子，放他一馬。下次再這樣，絕不饒你。」

既然不計前嫌，爸爸知道邱大山還沒吃飯，就邀他一起用餐，同時問一下他的生活狀況。一向熱心的爸爸突然對邱大山說：

「明天我帶你去找工作，試一試砍樟木或是拉木馬，不然也可以介紹你去挖煤礦。」

「謝謝，真的謝謝你。」邱大山說著，眼角懸著閃爍的淚珠。

停留在棧道休息的木馬。照片中可以看到拉木馬的夫妻檔。

阿燦發誓永遠不理爸爸

信守諾言的爸爸，翌日再請假一天。

阿燦想到昨天一整天，都是媽媽在照顧妹妹，一定沒有好好休息，於是他背著妹妹，跟隨爸爸和邱大山，沿木馬道走往林場，去看砍伐樟木的情況。

林場領班非常客氣地告訴邱大山：

「你聽阿燦爸爸的建議就對了。他是我們這裡的模範生，只知道勤奮工作，從來不吃喝嫖賭。」

「喔？」邱大山看爸爸一眼，好像不太相信。

和林場領班道別之後，他們順著狹窄的木馬道下山。走過棧道沒多久，後方有人驚呼「閃啊！閃啊！閃」，爸爸突然大叫一聲：

「糟糕，要出事了。」

爸爸憑著多年豐富經驗，知道有一架木馬失控，正從後方向他們衝過來。他趕緊把大家拉到山壁這邊，急得大聲說：

「阿燦，你靠緊山壁不要動。看到木馬出現，就背著妹妹趕快往

前跑，千萬不要過來幫忙。大山兄，木馬衝過來時，我幫忙前面的人抓住操縱桿，你幫忙後面的人拉繩子，看能不能夠迅速把木馬停下來。」

「什麼?你說看能不能夠?意思是不一定能夠停得住嗎?」

「木馬太重了，誰都沒有把握。記住!」爸爸仍然高聲對邱大山說：「萬一情況不對，你要趕快鬆手跳開，否則會掉下懸崖……。」

話還沒說完，木馬出現在五、六十公尺遠的地方。在前面拉的是爸爸的朋友張家仁，後面是他的妻子張大嫂。

爸爸將如何停住木馬的方法，講得輕描淡寫，事實上，這是不對的，也是非常危險的，稍有閃失，他們兩人勢必和張家仁夫妻一起隨木馬摔落懸崖，這樣平白犧牲生命實在不值得。

不過，這是情非得已的方法，因為木馬道太狹窄了，他們要躲也沒地方可躲，與其被撞傷而出事，不如搏命助人一臂之力。這時候，爸爸轉身往木馬方向快步衝過去，用雙手幫忙張家仁抓住操縱桿。木馬的衝力很大，爸爸面向木馬用力往前推，張家仁則背向木馬盡力往後頂。

「大山！」爸爸高喊：「你趕快繞到後面幫忙拉繩子！」

背著妹妹的阿燦，他怕背部靠住山壁會把妹妹擠痛了，於是施展絕招，不用解開背巾就順利把妹妹移到胸部前面，再用雙手交叉攬住妹妹，以免她受到傷害。他絕對沒想到，這個方法日後將救妹妹一命。

爸爸靈機一動，抓住操縱桿去撞山壁。撞擊的力量，加上大家在緊張時發揮出無窮的力量，使木馬在距離阿燦一臂之遙的地方，勉強停下來。可是，萬萬沒想到，這時張家仁竟然被夾在操縱桿和山壁之間。阿燦一時情急，站到懸崖這邊要幫忙拉開夾住張家仁的操縱桿，沒想到爸爸突然往他頭上狠狠打了一巴掌，怒斥的說：

「滾開！我不是叫你跑嗎？」

「你幹嘛打我！」阿燦被打得往前方衝了好幾步才停住腳，他不服氣地回嘴：「可惡，我又沒錯！」

他馬上聯想到這和昨晚救人的情況一樣，又是好心沒好報的下場。阿燦在心裡暗地發誓：這輩子永遠不再和爸爸講話了。

張家仁的同伴，很快從後面趕過來拉開操縱桿，幫助他脫險。

高架枕木的懸空木馬道。

他的身體剛剛滑出操縱桿夾縫，爸爸突然把旁邊的人用力推開，並且很急迫地喊叫：

「閃啊！閃啊！閃！木馬穩不住啦！」

就在一瞬間，木馬慢慢傾倒，繩子斷裂，然後往剛才阿燦站立的地方，連樟木統統滾落山谷。負責在後方推木馬的張大嫂驚魂甫定，說她鄰居的夫妻在不久前，同樣發生木馬失控，先生太大意了，站到山谷這邊去推操縱桿撞山壁，結果夫妻兩人跟著木馬翻滾到山谷底下。

聽到樟木繼續滾落山谷的回音，阿燦失神地往下探望，終於了解爸爸是怕他發生危險，才猛然把他打到旁邊去，要不是這樣，現在他可能隨木馬掉下去了。體會到爸爸的關愛，阿燦不知不覺走過去拉住爸爸的手，握得好緊好緊。爸爸好像什麼事都沒發生一般，跟阿燦和邱大山說：

「我們先走吧！善後的事，張家仁的朋友會處理。」

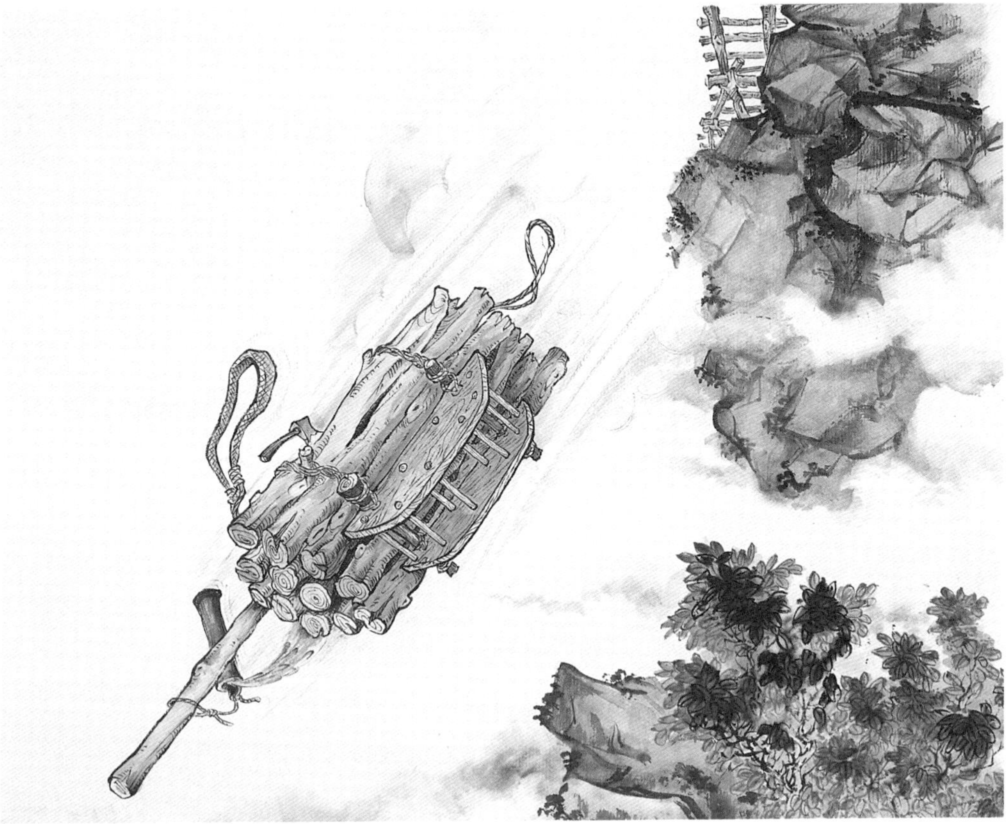

● 木馬很難操控，經驗不足或稍微大意就會失控，連人一起摔落山谷。

夢見父母發生意外

清晨，天還沒破曉，阿燦躺在床上凝視著屋頂的茅草。想起昨天那驚心動魄的一幕，到現在依然心有餘悸。阿燦全身打著哆嗦，他在三更半夜被惡夢驚醒，夢中的爸爸媽媽在推木馬時發生意外，造成全家人生離死別的慘劇。阿燦心底惴惴不安，他想：

「真是不祥的預兆。」

這時，不知道什麼原因，妹妹突然噢咿嗚嗚地哭出聲。拿東西給她吃，或是拿玩具給她玩，還是照哭無誤。直到媽媽把她抱在懷裡餵奶，才安靜下來。阿燦看妹妹吵到媽媽了，就對根本還聽不懂話的妹妹說：

「如果不再吵媽媽的話，等一下我就用竹子編一條蝦子給妳玩。」

全家人吃早飯的時候，阿燦鼓起勇氣對爸爸說：

「推木馬太危險了，你和媽媽都不要做了，好嗎？」

「怎麼了？你還在想昨天那件事啊？。」爸爸說。

木馬經過河川上方的枕木橋。

「不用擔心。我和你爸爸做事都很小心，不會有事的。」媽媽接著說：「我們捨不得離開這個住了好幾代的家鄉。然而住在這裡，我們只能靠拉木馬維生，其他什麼都做不來。」

「我要趕快長大，趕快賺錢養你們。」阿燦說：「到時候你們就可以在家享清福，不必再做危險的工作。」

「不要想那麼多，你還是先把書讀好吧！」爸爸勉勵阿燦。

媽媽做好阿燦和妹妹吃的午餐，就拿著綑繩工具，隨著扛木馬架的爸爸走出大門。阿燦還是放心不下，衝出門叫住爸爸媽媽，決定說出爸爸媽媽發生悲劇的惡夢。

「阿燦，你又怎麼了？」爸爸問他。

阿燦要說的話到了舌尖又吞進去，他忐忑不安地說：

「沒什麼……，你們今天要特別小心喔！」

「好好照顧妹妹，回來我幫你做竹蝦子。」爸爸說。

阿燦點點頭就跑進屋子裡，握住雙手，看著剛露出魚肚白的天空，喃喃自語：

「神啊，請您保佑爸爸媽媽平安無事。不，不！請保佑所有拉木馬的人都平安無事。」

媽媽，記得要給妹妹餵奶！

過了中午，妹妹突然又莫名其妙哭個不停。

「妳是不是吵著要竹蝦子？」阿燦安慰妹妹：「別哭，我馬上編給妳。」

妹妹還是哭個不停。阿燦用盡各種辦法勸妹妹不要哭，可是都不見效。想來想去，只有一個方法可以讓妹妹停止哭泣，就是背妹妹上山讓媽媽餵奶。這樣雖然會給媽媽添麻煩，但是總比讓妹妹一直哭不停來得好。

阿燦背著哭泣的妹妹，順著木馬道往前走。不知道從什麼時候開始，山裡出現霧氣。這條羊腸小道，阿燦已經走過好幾次，所以阿燦和往常一樣，沒有感覺到氣氛有何異常。再往前走，快到達驚險的懸空木柱棧道之前，有一處木馬伕的休息草坪，在那裡就可以等媽媽了。

來到休息草坪，看到有一個人站在棧道上。阿燦覺得好奇，不免瞪大眼睛多看他幾眼，可惜在霧中只能看到那個人的影子，好像

● 每當妹妹想起媽媽，哭鬧不停的時候，阿燦就背她上山找媽媽。

是一位中年婦女在那裡晃來晃去。

霧氣稍淡的時候，阿燦一眼看到爸爸媽媽的木馬，遠遠順著山路迅速迴繞而下，很快就會來到棧道的地方。棧道非常狹窄，不比山路還有可以躲避的小空間，在棧道上完全無法閃躲疾行而來的木馬。那位婦人若不趕快閃開，一定會被父母拉的木馬撞到。於是，天生喜歡做好事的阿燦，急著大聲喊叫警告婦人：

「阿姨，閃啊！閃啊、閃！」

不管他叫得多大聲又多急切，婦人還是在橋上晃呀晃的。阿燦以為距離太遠聽不見，於是不顧一切往前跑，急著警告婦人趕緊離開危險的棧道地段。阿燦背著妹妹，一面跑，一面高呼「閃啊！閃啊、閃」，奇怪的是，婦人根本無動於衷。

阿燦非要救她不可，因為萬一她被父母的木馬撞到，爸爸媽媽都要被抓去坐牢，如此一來，他和妹妹就無依無靠了。

阿燦一個箭步跳上棧道，結果不小心一腳踩空，掉進枕木縫。幸好他手腳靈活，立刻用雙手抓住枕木。這時候，他不但沒有顧慮自己的安危，反而為了提醒婦人注意，還更拼命地提高嗓門叫喊：

● 生長在山壁的芭蕉葉，起霧時，遠遠一看，經常讓人誤以為是走動的人影。

「閃啊！閃啊、閃！」

事實上，那個婦女的影子，原來是山上枯萎的芭蕉葉，被風吹落，鉤在棧道上方的灌木樹枝上搖晃，遠遠一看，和婦女的身影一模一樣。阿燦繼續叫喊到精疲力盡，兩手有氣無力地抓住橋柱，直到最後才看清楚婦人影子的真相。

「謝天謝地，原來是芭蕉葉，不是人。」

阿燦心情整個鬆懈下來。這時，他才警覺到雙手已經沒有繼續

● 阿燦在棧道上，不慎一腳踩空，幸好用手鉤住枕木，否則就會摔落萬丈深谷。

抓住枕木的力量，可能很快就會掉下深谷。這時閃過阿燦心頭的，是他還要救一個人，那就是背在身上的妹妹，無論如何都不能讓可愛的妹妹跟他一起命喪深谷。

他使出僅存的力量，以右手掌鉤住枕木，施展他的獨門絕招，用嘴巴咬住肩膀上的背巾帶，再用靈活的左手用力一扭，把背後的妹妹轉到胸前。他暫時停止不動，然後靠著一鼓作氣的力量，左手抓起包裹住妹妹的整個背巾，順著右手上方套進枕木的一端，把妹妹吊在枕木上面。就在阿燦剩下最後的一點氣力時，他親眼目睹父母的木馬來到棧道上面，於是放心地張開右手掌，整個人往下墜落。

「媽媽，記得幫妹妹餵奶……。」阿燦高聲喊著，他又怕谷底有人會被他撞到，接著又喊：「閃啊！閃啊、閃……。」

天下再也沒比這個更讓人心痛的事了。父母的木馬剛好拉到這裡，眼睜睜看著親生骨肉掉下山谷，又聽到他大喊媽媽和妹妹，透過山谷薄霧間隙，「閃啊！閃啊、閃」的聲音愈來愈小，最後什麼都聽不見了。

阿燦變成神仙

村民聞訊，統統趕到棧道下面的山谷，希望出現奇跡，找到平安無事的阿燦。可惜，連個影子都沒有發現。

「不可能找不到，即使整晚不睡，我也要找到阿燦。」邱大山對阿燦爸爸說。

天色變昏暗，有人製作火把分發給大家使用。邱大山驀然聽見阿燦在喊「閃、閃、閃」的微弱聲音，他馬上揮動火把打信號，激動地叫喊：

「找到了！在這裡，大家快來啊！」

邱大山太興奮了，叫得聲音都走調。周圍的人跟著一呼百應，似乎大家都聽到「閃、閃、閃」的低沉聲音，於是往發出聲音的地方聚集。

聲音愈聽愈清楚，也愈來愈近，可是卻找不到阿燦的身影。一位見識多廣的長輩，用哀傷語氣告訴大家：

「那不是阿燦，是樹蛙的叫聲。還有就是，蟬在夏天也是這樣的

● 二十世紀初，從國外引進內灣的野薑花。每年五月到十一月之間盛開，花朵既可觀賞又可食用，塊莖含揮發油，具有藥效。

●村民齊集拿著火把，在谷底徹夜尋找失蹤的阿燦。

叫聲。」

一霎時，原本興高采烈的眾人，個個垂頭喪氣。

「別失望啦，大家打起精神，趕緊繼續找呀！」長輩用爽朗的語氣，跟眾人打氣。

入夜之後，熱心的村民煮許多地瓜湯和鮮奶麻薯、米飯，送到山谷讓尋找阿燦的人暫時果腹充飢。人數太多，帶來的碗盤不夠用，就摘取生長在山澗的野薑花葉子裝飯，沒想到吃起來的味道感覺很特別，米飯的香味更加濃郁。有人說：

「用野薑花的葉子來包粽子，一定更好吃。」

到了深夜，大家的火把油料用盡，紛紛熄滅，在伸手不見五指的黑暗山谷裡，哪有可能找得到阿燦？大家正在商量準備放棄搜救的時候，突然間，滿山滿谷閃爍耀眼的綠色光芒，照亮每一個角落。

「哇，是螢火蟲！是螢火蟲打燈籠來照路！」

「真是奇跡。」背著妹妹的媽媽，很感動地說：「一定是神來幫忙，叫我們不要放棄。」

於是，大夥兒決議徹夜不眠不休，非找到阿燦不可。

可是到了隔日破曉，所有地方都搜尋過了，還是沒有發現阿燦的蹤跡。眾人一臉疲憊，都覺得找不到阿燦實在太奇怪了！

這時，邱大山正閉目假寐，突然腦海閃現阿燦的笑容，恍惚中，只見阿燦向他揮手道別：

「邱大叔，再見！記得常來看我！」

邱大山頓時睜開眼睛，很肯定地對前來幫忙搜救的村民說：

「阿燦經常救人，他的善心感動天，跌落山谷的一剎那，就被神仙救走！他也變成神仙了。」

「應該是吧！」找不出合理解釋，眾人都寧願相信阿燦已經離開人間，當神仙去了。

邱大山陪著傷心的阿燦父母回家。爸爸媽媽看到阿燦昨天吃剩的午餐，還有剛要幫妹妹做的竹蝦子，睹物思情，不禁悲從中來。

想念阿燦的邱大山，在無意識中，竟把阿燦吃剩的菜吃光了。

「真好吃，不知道這是什麼菜？」邱大山內心忖度。

邱大山把阿燦做一半的竹編帶回家當紀念品。走出門外，看到朝陽照射的雲彩，好像是阿燦的笑容。

※使用本書傳說之野薑花製作粽子的范阿嬤，左手下方張貼聯合報記者採訪稿。她笑嘻嘻地說：野薑花粽子好不好吃，問聯合報記者就知道。

化身螢火蟲

邱老師把故事說完，窗外正好輝映著黃昏雲彩。

「你們看！這就是阿燦的笑容。」

邱老師說著，同時催促大家趕快趁熱品嚐他端出來的美食。

「這就是當年吃剩一半的蟹肉炒蛋。」邱老師說：「我爺爺邱大山吃過之後，回味無窮，就把它發揚光大，現在是內灣著名美食，叫做阿公菜。」

「喔！」劉老師愣了一下，恍然大悟說：「我知道了，窗邊那個奇怪的竹編，就是阿燦沒有完成的竹蝦子，被你祖父帶回家了。」

「對了，今天晚上我帶你去看阿燦，這也是我邀請你來內灣的目的之一。」邱老師同時對周夢麟和陳靜惠說：「你們也一起來呀！」

為了紀念阿燦，邱老師的爺爺邱大山，每年在同一天晚上都慢慢踱步到山谷。那時候，山谷裡依然飛滿螢火蟲，牠們好像阿燦的化身，喜歡和人親近。

唯有在長期不受污染的環境，才會生長螢火蟲，內灣是本省有

螢火蟲群聚的少數地區。邱老師記得小時候，爺爺每年都帶他到山谷觀賞螢火蟲，而且每年重複講一遍阿燦的故事，聽得他都已經可以倒背如流了。

如今，螢火蟲是內灣人引以為傲的奇景，醞釀成內灣一年一度的螢火蟲節，吸引許多人湧到這個小小的村莊觀賞。

劉老師和大家擠在駢肩雜沓的人群裡，看到好幾隻螢火蟲以優雅姿態，從他的眼前飛過去，有一隻調皮的螢火蟲還停在他的鼻頭休息。陳靜惠張開手掌，不怕生的螢火蟲很快停到她手心。她心裡在想：沒錯，這是阿燦的化身。她問邱老師：

● 每年螢火蟲節，外地遊客無不全家總動員，興致勃勃地到內灣觀賞螢火蟲。

「阿燦的父母和妹妹，後來怎麼了？」

「這裡是他們的傷心地。每次想到阿燦，媽媽都會哭好幾天，為了不讓媽媽傷心過度，後來他們就搬走了。」

他們的子孫應該也會來這裡看螢火蟲吧？陳靜惠引頸眺望，猜想他們一定擠在人群裡面，默默地在紀念阿燦。

第二天早上，邱老師帶大家去走木馬道，看阿燦失足的地方。陳靜惠買了一束好大的鮮花，一行人來到棧道遺址，那裡有一塊巨大石頭，上面擺滿鮮花，是比他們早來的人，獻給見義勇為的阿燦。劉老師若有所思地說：

「阿燦真是慈悲哪！若是慈悲又有智慧的話，那該多好。」

陳靜惠獻花後合掌禱告。周夢麟問她禱告什麼？

「希望你像阿燦那樣，對我很好。希望明年再來內灣看阿燦和螢火蟲。」

●經由政府輔導的內灣商圈，許多餐廳提供道地客家鄉土美食，使遊客大快朵頤。

❶❷❸ 內灣到處可看到以阿三哥、大嬸婆為招牌和標誌的商店。

1

2

3

4

❶ 內灣有許多「古道」。

❷ 木馬道左側是山壁，右側路邊長滿芒草，再右側就是陡峭山崖或懸崖。路中間殘存廢棄不堪使用的殘破木馬。

❸ 內灣火車站牆面，經常更換劉興欽先生新漫畫作品，滿足遊客好奇心。

❹ 東窩溪星海。每年四月螢火蟲節，山區飛滿螢火蟲，夜晚好像滿布星星的銀河，讓賞螢遊客讚嘆不已。

❺ 現今殘存的木馬道和鋪設在泥土地面的枕木。民國五十年左右，風光一時的木馬，逐漸被吊貨纜車取代。

❻ 內灣商店除了做生意，還充滿人情味，許多遊客忍不住拿出筆記本蓋紀念章。桌子前方放了一具標準的木馬模型。

後記

蔡東照

◎本書內容由劉興欽先生口述，我加以潤筆。因此必須說是劉興欽先生的創作，我只是影子作家而已。

◎我很喜歡阿燦的故事。撰文期間，到內灣六趟，以感受木馬古道氛圍。這期間，要感謝內灣「山中傳奇」劉老闆，他熱情地開車帶領內人與我，到木馬古道做詳細解說，甚至親自示範扛木馬、縴拉木馬的動作，讓我身歷其境。

◎楊仁杰先生慷慨應允自由選用他珍藏的內灣懷古照片，讓我既興奮又感激。這些照片是他父親楊盛泉先生留下來的。楊老先生為內灣戲院經營者，內灣人總是說：戲院是內灣人休閒生活重心，也是村民凝聚感情的地方。

「看到戲院和這些舊照片，會讓大家緬懷以往打造內灣成為繁榮黃金城市的前輩，一步一腳印走過的心路歷程。」楊仁杰先生說。

◎我曾經為了印證一項難解的佛學儀軌，專程飛往日本京都，向文學博士賴富本宏教授請益。也曾企盼了解戰地攝影記者如何化險為夷，當天來回東京，跟戰地攝影記者加藤敬先生詢問其中奧妙；朋友認為我的作為太極端。

這次，為了拍攝和本書攸關的「四不像」與「埃及木馬」，我專程飛

往紐約，朋友都笑我「有毛病」，可是我認為很對得起自己。

到大都會美術博物館那天，剛好「埃及館」休館—大都會美術博物館全年無休，但是「各館輪休一星期」，以便清潔、整理與盤點。經過館員與志工熱心幫忙，打通往上三層主管關卡，而同意破例讓我攝影。因此，我自認拍到彌足珍貴的埃及木馬照片。

◎撰寫本書和拍照過程，遇到「無數貴人」，讓我肯定世界是祥和的地球村。謹此向何政廣先生、內灣林村長、彭老師、內灣各商店經營者、西上青曜先生、大都會美術館諮詢部，以及聯經出版公司，夤緣他們熱心助力與鼓勵，使本書得以順利出版，感恩不盡。

● 提供內灣思古幽情照片的楊仁杰先生與筆者合影。

聽完了內灣的故事，你想不想到內灣逛逛！

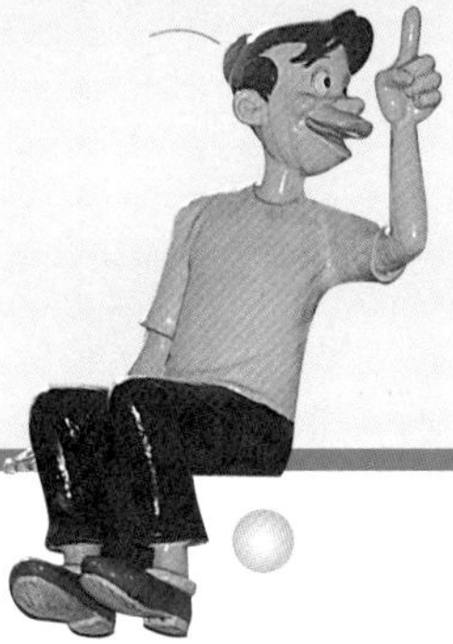

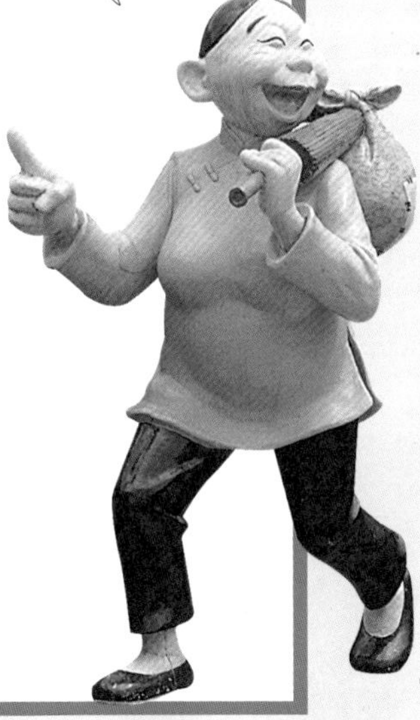
走！去內灣蓋紀念章，
或是照張美美的照片，
貼在這裡喔！

內灣的故事

2004年4月初版　　定價：新臺幣150元

總策畫　劉興欽
繪　圖　劉興欽
文・攝影　蔡東照
發行人　劉國瑞

出版者　聯經出版事業股份有限公司
台北市忠孝東路四段555號
台北發行所地址：台北縣汐止市大同路一段367號
電話：(02)26418661
台北忠孝門市地址：台北市忠孝東路四段561號1-2樓
電話：(02)27683708
台北新生門市地址：台北市新生南路三段94號
電話：(02)23620308
台中門市地址：台中市健行路321號
台中分公司電話：(04)22312023
高雄辦事處地址：高雄市成功一路363號B1
電話：(07)2412802
郵政劃撥帳戶第0100559-3號
郵撥電話：26418662
印刷者　文鴻彩色製版印刷公司

責任編輯　黃惠鈴
　　　　　高玉梅
校　對　馮蕊芳
封面設計　陳巧玲

行政院新聞局出版事業登記證局版臺業字第0130號

本書如有缺頁，破損，倒裝請寄回發行所更換。
ISBN 957-08-2704-1 (平裝)
聯經網址 http://www.linkingbooks.com.tw
信箱 e-mail:linking@udngroup.com

國家圖書館出版品預行編目資料

內灣的故事 /劉與欽總策畫・繪圖
蔡東照文・攝影．--初版．
--臺北市：聯經，2004年（民93）
72面；20×20公分．

ISBN 957-08-2704-1(平裝)

855 93006112